Ja Saf

Der Geschmack der Frauen

Maria

Unermüdlich

Feuchtgeplätscher

–

Was Mann sammelt und Frau verstreut

24. Mai 2013

Joe 19:55

Dir viele besondere Momente...

26. Mai 2013

Joe 18:33

Ich wünsche Dir einen schönen Abend.

Maria 18:34

wünsch ich dir auch...viele Grüße nach Hamburg

Joe 18:35

Ja danke Dir.

Maria 18:35

gerne

Joe 18:36

Würde Dich gerne näher kennen lernen.

Maria 18:37

ja......gerne wie komme ich zu der Ehre.....

Joe 18:40

hab in deinem Profil gestöbert ...Du interessierst mich...

Maria 18:41

na prima....hoffentlich erlischt dein Interesse nicht so schnell...

Joe 18:42

warum sollte es....eine Verabredung hilft uns da sicher weiter...

Maria 18:42

ja das glaube ich auch

Joe 18:44

wann hast du denn Zeit dafür?

Maria 18:45

Donnerstag oder Freitag was suchst du denn eigentlich ???

Joe 18:47

ja das passt an beiden Abenden....ich suche eine nette Bekanntschaft...wenn passt auch gerne mehr.

Maria 18:48

kommst du direkt aus Hamburg ???

Joe 18:49

ja

Joe 18:51

wo wollen wir uns denn treffen?

Joe 18:53

wir könnten ja ein Café auswählen...

Maria 18:53

ja das ist gut...irgendwo.....

Maria 18:54

am Markt

Joe 18:54

ja gute Idee...am Rathaus können wir uns ja treffen.

Maria 18:55

das ist gut so genau kenne ich Hamburg auch nicht

Maria 18:55

hast schon einige Bekanntschaften gemacht ???

Joe 18:56

ja...bin seit 3 Jahren Single

Joe 18:57

und du?

Maria 18:57

ich bin seit 4 Jahren Witwe

Joe 19:00

ab wann hast du denn Donnerstag Zeit?

Maria 19:00

was muss denn deine Traumfrau alles haben ???

Maria 19:00

so ab 14.00

Joe 19:00

vor allem Humor, Gelassenheit und Selbstvertrauen ...

Joe 19:01

bei mir passt es ab 17 Uhr

Maria 19:02

ist ja nicht schlimm....werden schon was finden

Joe 19:03

ja auf jeden fall

Joe 19:03

treffen wir uns also Donnerstag 17 Uhr am Rathaus.

Maria 19:04

das können wir machen

Joe 19:08

da gibt es dann gleich einen Italiener...für lecker Eis

Maria 19:09

da muss es aber noch 10 grad wärmer werden

Joe 19:10

wie recht du hast...

Maria 19:10

sonst einen Glühwein

Joe 19:11

genau...der wärmt ordentlich

Joe 19:12

allerdings kannst du dann irgendwann nicht mehr Auto
fahren...zwinker

Maria 19:12

und was soll ich dann machen ????

Joe 19:13

dich mir vertrauensvoll nähern

Joe 19:14

und in meine Höhle folgen...

Maria 19:14

ist das denn weit weg

Joe 19:15

nein...ganz nah

Maria 19:16

nicht schlecht

Joe 19:17

wie du siehst, uns stehen alle Möglichkeiten offen, uns näher
zu kommen.

Joe 19:18

falls wir uns riechen können....und es Glühwein geben sollte

Maria 19:19

na nur wenn es Glühwein gibt !!!

Maria 19:19

nein war ein Scherz....man muss sich riechen können das stimmt schon

Joe 19:20

genau...die Chemie macht es

Maria 19:21

bei mir ist das auch so

Joe 19:22

na da bin ich ja schon ganz gespannt Dich zu beschnuppern...lächel

Maria 19:23

na ja wenn nicht haben wir uns halt mal kennen gelernt....

Joe 19:23

genau.

Joe 19:24

hier mal meine Nummer damit wir uns nicht verfehlen...0123 4567890

Maria 19:26

danke

Maria 19:26

wie alt ist denn dein Foto

Joe 19:27

vom letzten Jahr.

Maria 19:27

meins von Dezember

Joe 19:28

deine Fotos sind richtig gut gelungen.

Maria 19:29

zwei sind vom Profi

Joe 19:30

meins hat ein Freund gemacht.

Maria 19:30

ich lass immer mal solche Bilder machen

Joe 19:32

und wohnst du direkt in Eppendorf ...

Maria 19:33

ja kennst du es

Joe 19:34

nein

Maria 19:35

ist ein schönes Städtchen....

Joe 19:36

kannst es mir ja mal zeigen.

Maria 19:37

gerne

Joe 19:39

jetzt wünsche ich dir einen schönen Abend...

Maria 19:39

gute nacht

Joe 19:40

wir schreiben uns ja sicher noch...ansonsten bis Donnerstag

Maria 19:40

ja klar warum nicht

Joe 19:41

weil ich nicht immer soviel Zeit und Muße habe wie heute

Joe 19:42

umso mehr freue ich mich auf unser Date

Maria 19:42

Ich auch

Joe 19:44

schlaf gut.

27. Mai 2013

Joe 18:38

Dir einen lieben Gruß und Kuss von mir Maria.

29. Mai 2013

Joe 22:37

Guten Abend Maria. Morgen 17 Uhr könnte knapp bei mir werden. Komme wahrscheinlich doch erst später von Arbeit weg...da wäre mir 18 Uhr einfach lieber....

30. Mai 2013

Maria 14:19

Sorry kann heute gar nicht... müssen einen anderen Termin machen konnte es dir nicht eher sagen.......

Joe 22:32

kein Problem...mach einen Vorschlag...ich freu mich drauf.

2. Juni 2013

Maria 17:27

hallo .....alles gut

Joe 17:29

Ja und bei Dir?

Maria 17:30

ja ..bei dem Wetter......kalt....Sofa und Decke.....was soll man sonst machen

Joe 17:30

Sich gegenseitig wärmen.

Maria 17:30

zb....aber ich bin alleine

Joe 17:31

Ich auch...wollen wir uns nicht treffen...

Maria 17:31

wann

Joe 17:32

Jetzt zb...

Maria 17:32

aha

Maria 17:32

und wo

Joe 17:33

Am Markt...oder ...

Maria 17:33

zb

Joe 17:34

Ja und dann können wir ja immer noch zu mir oder zu Dir

Maria 17:34

ach so.......

Joe 17:35

Das klingt ja wie ein erhobener Zeigefinger ...

Maria 17:35

na du gehst ja auch ran.....

Joe 17:36

Mir ist halt sehr kalt....zwinker

Maria 17:36

na mir auch ...hab sogar die Heizung an

Joe 17:37

Gute Idee...ansonsten wären wir halt in die Wanne gestiegen...

Maria 17:38

na haben wir denn da auch Platz....

Joe 17:38

Ineinander schon...

Joe 17:39

Auweia...

Maria 17:39

na ob das so funktioniert....

Joe 17:40

Einen Versuch ist es immer wert.

Maria 17:40

aber in der Wanne ????

Joe 17:41

Na nicht nur... da bekommen wir ja schrumplige Haut...

Maria 17:42

na die kann man ja denn schön eincremen.....

Joe 17:43

Ja das mach ich gern... Ganz ausgiebig und genüsslich...

Maria 17:43

du Schwerenöter....

Joe 17:44

Genau...glaub mir da wirst du so richtig warm...

Maria 17:45

das ist gut......im Juni frieren......

Joe 17:45

Bekommst Gänsehaut...aber nicht weil du dann noch frierst...

Maria 17:46

glaub auch nicht.......

Joe 17:47

Nun sag, wann und wo sehen wir uns ?

Maria 17:47

auch du meinst das wirklich.....

Joe 17:47

Ja.

Maria 17:48

na dann am Markt

Joe 17:48

Gut und wann ?

Maria 17:49

na ich fahr schon eine halbe stunde

Joe 17:49

19 Uhr?

Maria 17:50

na gut......aber wenn ich dir nicht gefalle ...sag es bitte gleich

Joe 17:50

Ja mach ich.

Joe 17:51

Hast du meine Nummer noch?

Joe 17:52

0123 4567890

17:55 per sms:

Joe:

Bis nachher. Maria

Maria:

Ja bis gleich. Joe

...XX...XX...XX...

Bemerkung im Kalender von Joe: „Wow, war das geil."

21:26 per sms:

Joe:

Komm gut nachhause Maria.

Wow. War das geil mit Dir. Danke.

21:51 per sms:

Maria:

Bin gut angekommen. Danke für alles.

Joe 22:45

Ich habe noch immer Deinen Geruch in meiner Nase...hmm...lecker

Maria 22:46

schön......

Maria 22:46

alles gut bei dir...

Joe 22:46

ja sehr gut.

Maria 22:47

bei mir auch...

Joe 22:47

nun brauchten wir nicht zu frieren...wie gut.

Maria 22:47

das stimmt...mir ist immer noch heiß

Joe 22:48

mir auch...ich könnt schon wieder...

Maria 22:48

dann musst du dir es selber machen....grins

Joe 22:49

ja muss ich wohl....lieber würde ich ihn mir von Dir erneut ausquetschen lassen...

Maria 22:50

ja gern...aber geht nicht

Joe 22:50

ich weiß...ein anderes mal wieder....

Maria 22:50

ja gern..

Maria 22:52

gute nacht.....

Joe 22:53

Ja gute Nacht und träum süß.

6. Juni 2013

Maria 14:39

bist schon zu hause

Joe 14:39

ja ...und in Gedanken...

Joe 14:44

...wir hatten einen schönen und spannenden sexy Abend

Joe 14:44

ein lecker Kaffeetrinken....dann noch bei mir...

Maria 14:44

das stimmt.....

Maria 14:45

jaaaaa

Joe 14:45

und so schön feucht....wow

Joe 14:46

und leidenschaftlich...

Joe 14:47

ganz nach meinem Geschmack.

Maria 14:47

ach soooo....kleiner Genießer

Joe 14:48

jaaa...na dass beruht ja wohl auf Gegenseitigkeit

Maria 14:49

ja war sehr schön...

Joe 14:50

so soll es sein...gerne mehr davon...

Joe 14:52

jederzeit...wann du magst und Zeit und Lust drauf hast...

Maria 14:53

super machen wir....aber immer erst Kaffee..

Joe 14:53

ja ...unbedingt.

Joe 14:53

damit die Spannung steigen kann...

Maria 14:54

jaaaaaa

Joe 14:54

bis wir es nicht mehr aushalten...

Maria 14:55

das machen wir...

Joe 14:56

...ich könnte jetzt schon...spüre wie die Lust aufsteigt...

Maria 14:57

dann hören wir gleich auf......

Maria 14:57

gehe jetzt Kaffee trinken...bis bald

Joe 14:57

ja bis bald. Ich werde mal was essen.

...

Joe 21:01

Hast Du Sonntag Nachmittag/Abend schon was vor?

Maria 21:02

bis jetzt noch nicht...warum ?????

Joe 21:02

wir könnten Kaffee trinken...Eis essen...

Maria 21:03

Eis essen ist super und dann Kaffee...

Joe 21:03

ja finde ich auch....

Maria 21:10

ich bin arbeiten...aber später Nachmittag ist gut

Joe 21:11

Eis essen...Kaffee trinken...Liebe machen...Eis essen...Kaffee trinken...weiter Liebe machen....ja später Nachmittag passt bei mir auch am besten.

Maria 21:12

doch sooooo oft.....

Joe 21:12

jaaaa

Maria 21:12

schööön

Joe 21:14

ich liebe das...

Maria 21:15

ich auch......und was machen wir noch schönes

Joe 21:16

reden...lachen...träumen...

Maria 21:17

schöööön find ich gut

Joe 21:18

ich auch.

Joe 21:20

Holst Du mich ab, dann fahren wir erst mal schön Eis essen...

Maria 21:21

kann ich machen

Maria 21:21

und wo fahren wir dann hin

Joe 21:22

es gibt ein paar schöne Eisdielen...lass Dich überraschen...

Maria 21:23

gerne...ist schon lange her das mich jemand überrascht hat...

Joe 21:24

wann wirst du ungefähr da sein...17 Uhr?

Maria 21:25

ja ich glaub schon

Joe 21:26

ich freu mich auf Dich.

Maria 21:27

ich auch....aber wir hören uns doch noch mal....

Joe 21:28

ja klar doch

Maria 21:28

schön...

Joe 21:29

so jetzt will ich mal nach meiner Pizza schauen...

Joe 21:30

leider nicht selbst gemacht...

Maria 21:31

lass es dir schmecken.......

Joe 21:31

danke mach ich.

7. Juni 2013

Maria 18:23

hallo

Joe 18:39

Hallochen...na Du...hast Feierabend?

Joe 18:57

Dir einen schönen Abend...

Maria 20:31

bei dem schönen Wetter war ich in der sonne....war super...

8. Juni 2013

Joe 00:11

das glaub ich dir gern...hast was für deine nahtlose Bräune getan...

Maria 13:33

ja natürlich.......bleibt es morgen 17.00 Uhr.........

Joe 13:37

ja bleibt es.....

9. Juni 2013

15:18 per sms

Joe:

Hallo Maria. Ich freu mich 17 Uhr auf Dich. Bis dahin Joe

Maria:

Ich freu mich auch bis gleich

16:45 per sms

Maria:

Bin schon da

Joe:

Super

...XX...XX...XX...

Eintrag in Joes privaten Sex-Kalender: „Maria - Ein feuchtes Vergnügen."

11. Juni 2013

Joe 19:16

Der Sonntag...die Begegnung mit Dir und in Dir ...ein Genuss für meinen Körper...meinen Geist ...meine Seele...schön das wir uns so ähnlich sind...den Augenblick genießen...die Gegenwart und den Blick für das Ewige erspüren können.

Joe 19:19

Bin gespannt, ob Du beim nächsten Mal einen Slip tragen wirst....

12. Juni 2013

Maria 01:45

lass dich überraschen...

Joe 17:04

wieder Sonntag 17 Uhr....?

Maria 17:09

das ist gut.....mit Kaffee

Joe 17:29

ja klar doch...

Joe 17:30

wenn auch die Lust groß ist...er wieder kalt wird...der Kaffee...lach

Maria 17:31

das wird wohl wieder so sein......aber kalter Kaffee ist doch auch nicht schlecht.....mit einer Kugel eis

Joe 17:32

stimmt genau....kann ich schön tief eintauchen....und du dann abschlecken...

Maria 17:33

oh ja....ganz tief.......und dann lecken

Joe 17:34

bis alles schmilzt...und verströmt...

Maria 17:35

jaaaaaaaaaaaaaa

Joe 17:35

Jaaaaaaaaaaa

16. Juni 2013

08:50 per sms:

Joe:

Ich freue mich, Dich heute Nachmittag zu sehen...Gern auch schon ab 16 Uhr...

09:02

Maria:

Guten Morgen ich freu mich auch

15:29

Maria:

Zieh mich an und fahr dann los

Joe:

Ok. Kaffee kocht gerade…

Maria:

Bis gleich

Joe:

Geht ja schnell…hast ja nicht viel anzuziehen…grins…

…XX…XX…XX…

Eintrag in Joes privaten Sex-Kalender: „Maria – Lecker Vögelei."

22.06. 2013 20.04 per sms

Joe:

Hab Mozartkugeln zum rumschlecken für Dich…morgen ab 16 Uhr…na ja und ansonsten eine Stange zum reiten…und reichlich Sahne…hmmmm….Joe

Maria:

Na das kann ich mir doch nicht entgehen lassen

23.06. 2013 15.23 per sms

Joe:

Couch richten…

Kaffeemaschine vorbereiten...Stange putzen...kannst erscheinen um zu kommen...grins

Maria:

Bin unterwegs

...XX...XX...XX...

Eintrag in Joes privaten Sex-Kalender: „Maria – Wilde Vögelei."

23.06.2013 22.21 per sms

Maria:

Ich wünsch dir eine schöne Woche

Joe:

Ja danke Dir...der Nachmittag war wieder etwas ganz besonderes...jetzt geht es gleich los...Koffer ist gepackt.

Maria:

Komm gesund zurück

29.06. 2013 14.06 per sms

Joe:

Bin wieder gesund und munter angekommen...freue mich auf Dich...morgen 16 Uhr zum Kaffee...hmmm lecker...kann's kaum noch abwarten.

Maria:

Schön das du wieder da bist freu mich auch auf den Kaffee bis morgen

30.06. 2013 15.03 per sms

Joe:

Wow. Ist das ein geiles Gefühl von Vorfreude...mein Sperma brodelt...lässt meinen Schwanz ganz hart und die Eichel feucht werden...

Maria:

Na da muss ich gleich los und dir Abhilfe verschaffen freu mich

...XX...XX...XX...

Eintrag in Joes privaten Sex-Kalender: „Maria – Spermadusche."

6. Juli 2013

Joe 22:46

und nahtlos braun....

Maria 22:48

ja ....und arbeite noch dran....morgen Kaffee `????????

Joe 22:48

bist du schon wieder da?

Joe 22:50

zurück von der Ostseeküste...

Maria 22:51

nein....bin noch am Timmendorfer Strand......

Joe 22:51

oh ja Kaffee...ich liebe es....

Maria 22:52

jaaaaaaaaa......wird mir fehlen.........war immer super.....was machen wir denn da....

Joe 22:54

mir auch...selbst Hand anlegen....eine Möglichkeit...zwinker

Joe 22:56

oder den Bademeister verführen...

Maria 22:57

neeeeeee das geht gar nicht......

Joe 22:58

Na ja, die zeit vergeht...dann sehen wir uns wieder....

Joe 23:01

lass es dir bis dahin gut gehen...

Maria 23:08

hab auch du eine schöne zeit.....bis dahin...

11. Juli 2013

Maria 21:23

hast schon alles gepackt.....

12. Juli 2013

Joe 10:46

bin dabei...morgen geht es los...ich freu mich...

Maria 18:22

ich bin jetzt wieder da.....wünsch dir eine schöne zeit....

13. Juli 2013

Joe 19:03

ja danke dir...bin gerade eingetroffen...

14. Juli 2013

Maria 14:41

und Kaffee schon fertig.....

Joe 15:19

gerade angesetzt...hab hier ein sehr stabil wirkendes Doppelbett...

Maria 17:13

das müssen wir unbedingt ausprobieren..........

15. Juli 2013

Joe 17:11

das finde ich aber auch...

22. Juli 2013

Joe 08:50

erste Woche war super...das sonntägliche Einfühlen in Dich hat mir fick-tief gefehlt....

Maria 14:31

na hallo ....mir aber auch.....waren immer sehr schöne stunden....bei mir ist der Alltag schon wieder da...

23. Juli 2013

Joe 23:25

ja und ruck zuck bin auch ich wieder da...

4. August 2013

Joe 17:12

Käffchen...

Joe 17:13

Halbzeit am Strand...

Maria 19:25

ist schon komisch....ohne Käffchen am Nachmittag.....sonst alles gut ???

Joe 20:04

ja alles prima...ich freue mich jetzt schon, dich wiederzusehen.

18. August 2013

Joe 17:16

Kaffee....

Joe 17:18

recke und strecke mich gerade allein auf meinem breiten Doppelbett...komm lass uns gemeinsam einander genüsslich vernaschen...

Maria 17:18

ja gerne...hab schon Entzug.....

Maria 17:19

jaaaaaaaaaaaaaa..........

Joe 17:19

glaub ich dir gern...ich von dir auch...

Maria 17:19

wann bist denn wieder in Hamburg

Joe 17:21

ab Mo nächste Woche...noch eine Woche hier...

Joe 17:21

der 1. September nachmittags kann uns gehören...

Maria 17:23

kann ich nicht versprechen..........versuche es aber einzurichten..

Joe 17:24

ja....wirst ja sehen....

Maria 17:25

freu mich aber riesig auf dich

Joe 17:26

mir kribbelt es auch schon...

Maria 17:27

nichts Hübsches da.......

Joe 17:29

nichts fürs Bettchen....

Maria 17:29

hast du große Lust ?????

Joe 17:30

jaaaaa

Joe 17:31

deine feuchten Lippen würden jetzt so richtig gut tun...

Maria 17:32

glaub ich dir.....

Joe 17:34

und meine Finger dir auch...bevor ich dich geil durchficke...

Joe 17:35

bald ist es wieder soweit...

Maria 17:36

ja .....ich liebe das sonntägliche Kaffee trinken......

27. August 2013

Joe 17:22

Wieder Zuhause...

Maria 17:26

schöööönnnn

Joe 17:27

das finde ich auch...wir sehen uns...

Maria 17:37

ja auf jeden fall.....

30. August 2013

Joe 15:14

Sonntag Nachmittag?

Maria 16:54

zum Kaffee ??????? bis jetzt sieht es gut aus.....16.00 Uhr

Joe 17:08

supi....

1. September 2013

14.51 per sms

Joe:

Bin bereit für Dich...die Lust steigt...der Kaffee und die Sahne
will laufen...lecker

Joe 15:12

bis gleich...

Maria 15:13

könnte ein bisschen später werden...

Joe 15:14

kein Problem...kann es kaum erwarten...

...XX...XX...XX...

Eintrag in Joes privaten Sex-Kalender: „Maria – Bei mir gevögelt."

!!! Weiterer Eintrag für 22-02 Uhr: „ Colette – Bei ihr durchgefickt." !!!

6. September 2013

Joe 15:22

Möchtest du am Sonntag wieder Kaffee trinken...?

Maria 16:59

sehr gerne.....wenn du welchen kochen willst.....

Joe 17:02

Er kocht jetzt schon...

Maria 17:06

und was ist mit dem Kaffee ????

Joe 17:07

Wird für dich natürlich bereitet...

Maria 17:07

super...dann am Sonntag um 16.00 Uhr....

Joe 17:08

Jaaa

Maria 17:09

freu mich....

8. September 2013

14.25 per sms

Joe:

Habe heute gleich zwei Überraschungen für Dich...bis gleich

Maria 14:55

jaaaaaaaa was kann das denn sein

Joe 14:56

..... :">.....

Maria 14:56

und das heißt....

Joe 14:57

Wird nicht verraten...

Maria 14:58

ok...jetzt noch duschen...was schönes anziehen,,,und dann lo

Joe 14:59

Jaaaaaa...Du wirst begeistert sein...

Maria 15:00

freu mich.......bin schon sehr neugierig

...XX...XX...XX...

Eintrag in Joes privaten Sex-Kalender: „Maria – Geile wilde Vögelei."

Nun per Whatsapp:

08.09.13 18:37:37: Joe: Nice to see you ...

08.09.13 18:50:18: Maria: Ich freu mich auch

Bin bei meiner Freundin und trinken einen Sekt mit saurer Gurke

08.09.13 18:51:51: Joe: Schmeckt das?

08.09.13 18:52:03: Maria: Jaaaa

08.09.13 18:53:05: Joe: Sekt mit "Gurke" kann ich ja verstehen...grins

Na da noch viel Vergnügen Euch.

08.09.13 18:59:32: Maria: Willst du mich bald wiedersehen ?

08.09.13 19:00:35: Joe: Lieber Live spüren...immer wieder gerne doch...

08.09.13 19:01:10: Maria: Das sollst du. .

08.09.13 19:01:44: Joe: Jaaaaaaa

...

13.09.13 17:21:08: Joe: Sonntagskaffee gefällig?

13.09.13 17:39:05: Maria: Gerne aber später. .bin noch mit meiner Freundin unterwegs

13.09.13 17:42:27: Joe: Bringst sie halt mit...zwinker...hab allerdings nur bis 18.30 Zeit...

Sekt zu Dritt...prickelnde Vorstellung...wie denkst Du darüber...eine Phantasie oder Wirklichkeit ?

13.09.13 20:31:08: Maria: Ich sag dir morgen Bescheid

...

14.09.13 18:31:04: Maria: Kein Sekt. .nur Kaffee mit mir. .kann auch schon eher da sein

14.09.13 18:32:41: Joe: Was heißt nur...ich liebe es, mit Dir Kaffee zu trinken...wann?

14.09.13 18:33:38: Maria: Sag doch mal eine Zeit

14.09.13 18:34:01: Joe: 15 Uhr

14.09.13 18:34:25: Maria: Ja das ist gut Bis morgen zum Kaffee

...

15.09.13 14:13:30: Maria: Ist denn der Kaffee schon fertig? ?????

15.09.13 14:14:08: Joe: Oh jaaaaa

15.09.13 14:14:58: Maria: Dann mach ich mich gleich auf den Weg

...XX...XX...XX...

Eintrag in Joes privaten Sex-Kalender: „Maria – Hart geblasen."

!!! Weiterer Eintrag für 20-22 Uhr: „Nelly ausgeleckt und durchgevögelt." !!!

20.09.13 10:23:51: Joe: Mal sehen, womit ich Dich diesmal zum Kaffee am Sonntag überrasche.....

20.09.13 12:56:38: Maria: Na da bin ich ja mal gespannt

20.09.13 12:58:38: Joe: Ich auch...15 oder 16 Uhr?

20.09.13 13:02:23: Maria: Ich bin erst noch arbeiten freue mich 16.00 Uhr auf meine Überraschung

...

22.09.13 15:13:12: Joe: Na da werd ich mal den Kaffee ansetzen...

22.09.13 15:15:11: Maria: Frisur sitzt. ...Garderobe passt. ..nur noch Schuhe...und dann geht's los

...XX...XX...XX...

Eintrag in Joes privaten Sex-Kalender: „Maria – Geile Spielerei."

27.09.13 17:04:13: Joe: Werde Dich am Sonntag zum Kaffee vermissen...freue mich auf den 6. Oktober

27.09.13 17:05:55: Maria: Mir wird das Kaffee trinken auch fehlen. . wünsche dir viel Spaß

...

03.10.13 11:14:42: Joe: Schön ...bald ist wieder Sonntag...16 Uhr?

03.10.13 13:19:59: Maria: Ja gerne hab schon ein wenig Entzug...

03.10.13 13:28:03: Joe: Na da sorge ich doch für deine Befriedigung ...Mit größtem Vergnügen ...

03.10.13 13:32:41: Maria: Freu mich

...

06.10.13 11:30:22: Joe: Magst Du es heute eher sinnlich verführerisch oder lieber hemmungslos leidenschaftlich....

06.10.13 13:12:15: Maria: Ich würde mich gerne verführen lassen. ..

06.10.13 13:12:52: Joe: Ja sehr gern ...15/16 Uhr ?

06.10.13 13:13:49: Maria: Nur noch chic machen...Bis nachher

06.10.13 14:40:17: Maria: Würde jetzt los fahren

06.10.13 14:40:17: Joe: Supi

06.10.13 14:40:45: Maria: Bis gleich. Freu mich

06.10.13 14:40:53: Joe: Kannst gespannt sein....

06.10.13 14:41:29: Maria: Jaaaa. ...aufgeregt

...XX...XX...XX...

Eintrag in Joes privaten Sex-Kalender: „Maria - durchgefickt."

!!! Weiterer Eintrag für 20-02 Uhr: „Ina– Geile wilde harte Vögelei" !!!

13.10.13 11:21:55: Joe: 16 Uhr?

13.10.13 11:38:04: Maria: Jaaaa gerne. ..

13.10.13 14:10:10: Joe: Bin jetzt schon scharf...

13.10.13 14:11:30: Maria: Schööönnnn. ....bin ja bald da....

13.10.13 15:04:06: Maria: Ziehe mich an. ..und fahre dann los. .

13.10.13 15:08:02: Joe: Kaffee läuft...

...XX...XX...XX...

Eintrag in Joes privaten Sex-Kalender: „Maria – Total ausgesaugt."

!!! Zuvor Eintrag für 00-08 Uhr: „Ina – will mich unbedingt leer vögeln" !!!

18.10.13 13:23:01: Maria: Hast noch einen anderen Termin zum Kaffee trinken

18.10.13 13:23:12: Joe: Morgen.

18.10.13 13:24:32: Maria: Am späten Abend. ..

18.10.13 13:24:31: Joe: Ja gern.

18.10.13 13:25:18: Maria: Ich schreib dir dann noch mal

18.10.13 13:26:41: Joe: Mal was anderes. Am Abend zwinker...

18.10.13 13:27:27: Maria: Ja. ..immer mal was anderes. So bleibt es prickelnd

18.10.13 13:28:12: Joe: Genau. ..

...

19.10.13 13:46:21: Joe: Vorfreude ...

19.10.13 14:48:29: Maria: Oh ja. ...ich auch. .wann hast denn gedacht

19.10.13 14:48:52: Joe: Bin Zuhause ...Liegt bei Dir...wann zu kannst...

19.10.13 14:53:31: Maria: Noch Haare waschen duschen. .so 16.30.. Freu mich

19.10.13 15:55:00: Maria: Fahre jetzt los

19.10.13 15:55:18: Joe: Kaffee marsch...

...XX...XX...XX...

Eintrag in Joes privaten Sex-Kalender: „Maria – Wieder mal ein echt geiler Fick."

25.10.13 09:20:29: Joe: Dem Sonntag entgegen...

25.10.13 16:18:58: Maria: Mit großen Schritten

...

27.10.13 11:33:12: Joe: 16 Uhr?

27.10.13 12:38:48: Maria: Jaaaa... Beeile mich

27.10.13 14:58:25: Maria: Fahre jetzt los

27.10.13 14:58:27: Joe: Ok. Kaffee gestartet.

...XX...XX...XX...

!!! Zuvor vom 25.-27. : „ Saunatriefender nasser Fickurlaub mit Nelly" !!!

Eintrag in Joes privaten Sex-Kalender: „Maria – Eine feuchtfröhliche Fickerei."

!!! Weiterer Eintrag für 20- 08: Nelly – In den 7. Himmel gevögelt." !!!

!!! Danach für Montag von 16-20 Uhr: Ina – Reiterspiele bei mir" !!!

01.11.13 16:28:01: Joe (ich brauch mal Pause) : Diesmal Kaffeeklatsch mit Schwesterherz...erhält uns die Vorfreude und Spannung für nächstes Mal...

01.11.13 17:38:47: Maria: Ooooohhhhh. ......aber ein schönes Kaffee trinken mit deiner Schwester

...

02.11.13 13:21:57: Joe: Wenn du magst und Zeit hast...wir könnten uns am Montag oder am Mittwoch treffen...

02.11.13 13:23:38: Maria: Montag wird nichts. .aber Mittwoch werde ich mal sehen Melde mich vorher noch mal

...

05.11.13 04:44:41: Maria: Guten Morgen. ..morgen Käffchen...?

05.11.13 09:33:17: Joe: Jaaaa

05.11.13 09:54:09: Maria: 16.00. ..

05.11.13 10:34:01: Joe: Passt super.

05.11.13 10:41:30: Maria: Dann bis morgen. ..

...

06.11.13 14:52:50: Joe: Bin bereit ...kann Kaffee ansetzen...

06.11.13 14:54:20: Maria: Ja kannst du. ..ich muss noch duschen. ...dauert noch ein bisschen

06.11.13 15:24:57: Maria: Fahre jetzt los

...XX...XX...XX...

Eintrag in Joes privaten Sex-Kalender: „Maria – Tief geblasen."

Zuvor von 21- 06 Uhr: „Nelly – Gewaltige und total heftige und nasse Orgasmen"

11.11.13 16:48:22: Joe: Mittwochskaffee ?

11.11.13 17:59:11: Maria: Ja gerne

11.11.13 17:59:54: Joe: Gegen 16 Uhr...

11.11.13 18:00:54: Maria: Jaaaa

...

13.11.13 14:29:28: Joe: Bin am Kaffee vorbereiten...

13.11.13 14:34:20: Maria: Und ich hübsche mich auf. ...

13.11.13 14:55:33: Joe: Bis gleich...

13.11.13 14:58:33: Maria: Bis gleich

...XX...XX...XX...

Eintrag in Joes privaten Sex-Kalender: „Maria – Lecken und blasen."

17.11.13 19:51:04: Joe: Am Mittwoch zum Kaffee?

17.11.13 19:52:43: Maria: Gerne ..16.00 Uhr. ..

17.11.13 19:54:32: Joe: Ja.

...

20.11.13 14:11:11: Maria: Mich hat die Grippe voll im Griff. ....Können wir unser Kaffee trinken verschieben.....

20.11.13 14:22:07: Joe: Ja klar. Gute Besserung Dir....vielleicht ja am Wochenende

...wenn es Dir wieder besser geht. Vielleicht ja am Sa...?

21.11.13 17:06:50: Maria: Ja gerne. ..ich melde noch hab ganz schön schnupfen....nicht das ich dich noch anstecke

...

23.11.13 10:07:47: Maria: Können wir das noch mal verschieben ???

23.11.13 10:07:28: Joe: Ja klar...ist wohl besser so

23.11.13 10:09:00: Maria: Ja glaube auch Nase zu. ...stecke dich nur an...

23.11.13 10:09:19: Joe: Muss ja nicht sein....zwinker...gute Besserung Dir

...

25.11.13 20:13:04: Maria: Mir geht es wieder besser. ....

25.11.13 20:15:13: Joe: Toll. Wie sieht es denn morgen bei Dir aus ?

25.11.13 20:20:43: Maria: Wollte morgen Plätzchen backen. ..Mittwoch wäre besser

25.11.13 20:21:04: Joe: Ja Mittwoch geht auch.

25.11.13 20:22:47: Maria: Schön. ....16.00 Uhr

25.11.13 20:24:20: Joe: Ja genau.

25.11.13 20:25:33: Maria: Freu mich. ..bis Mittwoch

...

27.11.13 14:23:13: Maria: Kaffee?????

27.11.13 14:22:59: Joe: Jaaa Kannst auch gern eher erscheinen...bin jetzt zuhause

27.11.13 14:27:48: Maria: Mach ich. ..nur noch duschen

27.11.13 14:56:04: Maria: Fahre jetzt los

...XX...XX...XX...

Eintrag in Joes privaten Sex-Kalender: „Maria – ordentlich von ihr abgemolken."

Zuvor am 26.11.13: „ Betty – Tangoflash genießen."

02.12.13 10:49:25: Joe: Mittwoch ?

02.12.13 14:14:05: Maria: Ja gerne. ...

04.12.13 14:40:43: Joe: Bin jetzt zuhause...

04.12.13 14:43:04: Maria: Ich war gerade duschen. ...schaffe es bis 15.30

...XX...XX...XX...

Eintrag in Joes privaten Sex-Kalender: „Maria – Gegenseitig heiß und geil vollgespritzt."

!!! Weiterer Eintrag für 19-24 Uhr: „Karla – Liebeskunst genießen."

!!! Für Freitag 06.12.13 20-24 Uhr: „Colette – gefingert und reichlich entsaftet" !!!

08.12.13 12:15:12: Joe: Mittwoch 15.30 ?

08.12.13 14:01:57: Maria: Ja gerne. ..

11.12.13 12:40:45: Maria: ....glaube heute schaffe ich das nicht

11.12.13 12:43:50: Joe: Wie wäre es am Freitag den 13. ?

11.12.13 12:46:10: Maria: Das ist gut

13.12.13 09:58:52: Joe: Leider klappt es heute doch nicht, bin noch eingespannt...Sonntag ebenfalls: zum Adventkonzert...dann wieder Mittwoch ? Ich freue mich auf Dich.

13.12.13 14:11:28: Maria: Nein da klappt es bei mir nicht. ...

13.12.13 14:20:50: Joe: Dienstag ?

13.12.13 14:28:17: Marias: Das geht. .Geht auch eher ..hab frei. .

13.12.13 14:32:33: Joe: Supi dann am besten ab 14 Uhr.

17.12.13 09:42:10: Joe: Guten Morgen. Bis nachher zum Kaffee... 14 Uhr

17.12.13 13:18:59: Maria: Fahre jetzt los

...XX...XX...XX...

Eintrag in Joes privaten Sex-Kalender: „Maria – tief reingespritzt."

24.12.13 19:05:58: Joe: Fröhliche Weihnachten

24.12.13 19:33:49: Maria: Ich wünsche dir auch ein schönes Weihnachtsfest

27.12.13 17:24:16: Joe: Ich hoffe , Du hattest erholsame Feiertage...

27.12.13 17:26:53: Maria: Ja die hatte ich. ..Und wann trinken wir wieder einen Kaffee ...

27.12.13 17:27:48: Joe: Ich dachte am Sonntag

27.12.13 17:29:22: Maria: Ja sehr gerne. .

27.12.13 17:28:43: Joe: Gegen 15 Uhr...

29.12.13 13:49:23: Joe: Dann werde ich langsam mal den Kaffee vorbereiten...

29.12.13 13:51:13: Maria: Und ich mich. .

...XX...XX...XX...

Eintrag in Joes privaten Sex-Kalender: „Maria – nass geleckt."

!!! Zuvor für 20-09 Uhr: „Karla – Im Liebesrausch." !!!

31.12.13 16:06:39: Maria: Dir einen guten Rutsch ins 2014....

31.12.13 17:28:49: Joe: Wünsche ich Dir auch.

04.01.14 14:22:39: Maria: Am Dienstag habe ich noch frei

04.01.14 14:22:28: Joe: 14 Uhr?

07.01.14 12:46:47: Joe: Werde mal den Kaffee vorbereiten...

07.01.14 12:48:55: Maria: Das ist gut. .ich werde mich
aufhübschen...

...XX...XX...XX...

**Eintrag in Joes privaten Sex-Kalender: „Maria – ihren heißen
Saft abgemolken."**

**!!! Weiterer Eintrag für 19-21 Uhr: „Treffen - Polyamor
leben." !!!**

16.01.14 19:49:57: Maria: Kaffee... nächste Woche? ???

16.01.14 19:49:45: Joe: Ja klar...melde mich dann noch mal.

16.01.14 19:52:32: Maria: Ja mach das. ...

16.01.14 19:54:33: Joe: Vielleicht ja gleich am Mo oder Di

16.01.14 19:56:45: Maria: Montag ist gut

16.01.14 19:56:15: Joe: Ok. Ich melde mich dann aber noch mal.

20.01.14 13:48:08: Joe: Sieht gut aus...bin jetzt zuhause...Kaffee kann angesetzt werden...

20.01.14 14:19:45: Maria: Melde mich wenn ich los fahre

20.01.14 14:57:10: Maria: Fahre jetzt los

...XX...XX...XX...

Eintrag in Joes privaten Sex-Kalender: „Maria – voll reingespritzt."

!!! Zuvor am 18.01.14 18-07 Uhr: „Nelly – Geil gevögelt." !!!

Weitere Einträge für den 21.01.14: 13-16 Uhr Karla – Krankenbesuch; 19-21 Uhr Betty - Tangokurs

28.01.14 17:56:04: Joe: Do. Kaffeezeit?

28.01.14 17:58:11: Maria: Schade. ...ist Geburtstag. ..

29.01.14 10:53:29: Joe: ... sehen wir uns zu einem späteren Zeitpunkt.

29.01.14 10:55:52: Maria: Ja unbedingt. ....

29.01.14 10:54:50: Joe: Freitag ?

29.01.14 19:48:07: Maria: Freitag ist super. .wann. ..

29.01.14 19:52:31: Joe: 14 Uhr ?

29.01.14 19:55:45: Maria: 14.00 Uhr ist gut

31.01.14 12:41:17: Maria: Bin immer noch unterwegs......schaffe es nicht. ..Morgen ist besser.

31.01.14 12:43:42: Joe: Ja gerne...selbe Zeit?

31.01.14 12:45:53: Maria: Ja selbe Zeit. ..

01.02.14 12:03:02: Joe: Kaffee und Kuchen habe ich gerade besorgt...

01.02.14 12:05:38: Maria: Schön. .....ich werd mich noch auf hübschen. ..

...XX...XX...XX...

Eintrag in Joes privaten Sex-Kalender: „Maria – Geiler Fick."

!!! Weiterer Eintrag für den 02.02.14 20-24 Uhr: „ Nelly – nasses Fötzchen lecken." !!!

06.02.14 22:01:07: Joe: Sonntagskaffee gefällig ?

06.02.14 22:03:20: Maria: Gerne. ..

06.02.14 22:03:08: Joe: Oh jaa...bringst Du wieder eine sexy Überraschung mit ?

06.02.14 22:05:13: Maria: Las mir was einfallen. ..

06.02.14 22:04:04: Joe: 15 Uhr wäre prima.

09.02.14 14:10:20: Joe: Ich bin bereit für Dich...

09.02.14 14:13:57: Maria: Ich noch nicht. .....bin gerade rein.

09.02.14 14:13:49: Joe: Immer mit der Ruhe...und dann mit einem Ruck...

09.02.14 14:35:40: Maria: Fahre jetzt los

...XX...XX...XX...

Eintrag in Joes privaten Sex-Kalender: „Maria – Tief ficken und blasen."

18.02.14 08:36:10: Joe: Wie wäre es morgen am Mittwoch ?

18.02.14 18:04:51: Maria:.... bis Samstag keine Zeit. ....

18.02.14 18:05:48: Joe: Na Samstag ist ja auch nicht schlecht...14 Uhr?

18.02.14 18:19:49: Maria: Eher Sonntag. ..

18.02.14 18:21:22: Joe: Auch gut...damit haben wir ja gute Erfahrungen...lächel...da ist mir dann 15 Uhr sehr angenehm.

18.02.14 18:23:36: Maria: Ja das passt. .....freu mich. ..

23.02.14 07:19:53: Joe: Leider bin ich stark erkältet....wir müssen unser Kaffeetrinken verschieben....liebe Grüße schickt Dir Joe

24.02.14 12:14:57: Maria: Ja ich hab das ja auch schon gehabt. ....du meldest dich dann. ....lg

24.02.14 12:13:50: Joe: Mach ich.

25.02.14 16:27:07: Joe: Wie sieht es denn morgen zum Kaffee aus ?

25.02.14 17:17:58: Maria: Schlecht. ...geht es auch Donnerstag. ..

25.02.14 17:16:59: Joe: Ja gerne doch.

25.02.14 17:19:37: Maria: 15.30 ????

25.02.14 17:18:05: Joe: Supi.

27.02.14 14:37:20: Joe: Na da will ich mal alles vorbereiten...

27.02.14 14:40:11: Maria: Mach das. ..ich bin auch gleich fertig. ...

27.02.14 15:05:56: Maria: Fahre jetzt los

27.02.14 15:05:22: Joe: Supi...Kaffee läuft.

...XX...XX...XX...

Eintrag in Joes privaten Sex-Kalender: „Maria - abgefickt.“

!!! Zuvor am 23.02.14 von 14- 06 Uhr: „ Nelly – Ausflug und Ausritt.“ !!!

04.03.14 13:06:41: Joe: Morgen am Mittwoch Lust und Zeit ?

04.03.14 14:05:51: Maria: Sehr gerne. 15.30

05.03.14 13:52:25: Joe: Gerade Kuchen gekauft...

05.03.14 14:01:52: Maria: Gerade nach Hause gekommen

05.03.14 15:02:32: Joe: Kaffee ansetzen...

05.03.14 15:05:24: Maria: Ich bin auch fertig. ...mach mich gleich los

...XX...XX...XX...

Eintrag in Joes privaten Sex-Kalender: „Maria – Lecker gevögelt.“

17.03.14 12:02:58: Joe: Passt es am Mittwoch...15 Uhr?

17.03.14 12:05:11: Maria: Ja passt. ..

19.03.14 14:12:23: Maria: Und Kaffee schon gekocht ?

19.03.14 14:13:40: Joe: Setze ihn jetzt an...Wann fährst Du los?

19.03.14 14:15:08: Maria: So in 10 min... Bis gleich

...XX...XX...XX...

Eintrag in Joes privaten Sex-Kalender: „Maria – reichlich durchgevögelt."

!!! Zuvor am 18.02.14 von 19-23 Uhr: „ Colette – Sahne total ausgesaugt."

25.03.14 08:11:42: Joe: Heute oder Freitag Zeit für Kaffee?

25.03.14 08:29:58: Maria: Freitag wäre super

25.03.14 08:30:50: Joe: Ok. Ich freu mich auf Dich.

25.03.14 08:31:06: Maria: Ich auch. ...bis dann

28.03.14 13:03:27: Joe: Gerade habe ich frischen Kaffee gekauft...

28.03.14 14:10:25: Maria: Und ich bin gerade rein

28.03.14 15:11:41: Maria: Fahre jetzt los

...XX...XX...XX...

Eintrag in Joes privaten Sex-Kalender: „Maria – Tief reingespritzt."

!!! Zuvor am 26.03.14 18-06 Uhr: „Nelly – ganz langsam durchgevögelt." !!!

31.03.14 18:48:04: Joe: Morgen oder Sonntag?

31.03.14 18:48:49: Maria: Ich sag mal Sonntag. ...weiß aber noch nicht genau

31.03.14 18:49:24: Joe: Ok. Schauen wir mal.

31.03.14 18:49:35: Maria: So machen wir das

03.04.14 19:33:27: Joe: Klappt es denn am Sonntag?

03.04.14 19:33:47: Maria: Ich denke schon

06.04.14 13:54:20: Joe: Schon mal das Kaffeegeschirr bereitstellen...

06.04.14 13:55:05: Maria: Bin gerade rein. ..muss mal kurz in mich gehen

06.04.14 13:55:24: Joe: Ja klar...Immer mit der Ruhe...

06.04.14 13:56:15: Maria: Mach ich auch. ...Melde mich wenn ich los fahre

06.04.14 14:59:42: Maria: .ich fahre jetzt los. ...

...XX...XX...XX...

Eintrag in Joes privaten Sex-Kalender: „Maria – einander richtig lecker vollgespritzt ."

!!! Weiterer Eintrag am 09.04.14 für 19-23 Uhr: „ Colette geil und reichlich entsaftet." !!!

09.04.14 15:06:52: Joe: Hallochen...Freitag zum Kaffee?

09.04.14 15:08:24: Maria: Hab da schon was vor. ..

09.04.14 15:09:28: Joe:...dann Anfang nächster Woche?

09.04.14 15:13:40: Maria: Mi ist besser

09.04.14 15:14:14: Joe: Ja passt ... Kaffee ist geöffnet ...grins

16.04.14 08:30:58: Joe: Dir einen entspannten Tag...ich freu mich, Dich nachher zu sehen.

16.04.14 15:39:27: Maria: Hu hu. ..bin jetzt erst rein. ... Wir fahren doch morgen ans Wasser. 16.04.14 15:40:08: Joe: Dann komm schnell noch mal rum...

16.04.14 15:44:00: Maria: Schaf ich nicht. ....muss noch einkaufen und packen. ....Lass uns dann nächste Woche.....

16.04.14 15:45:48: Joe: Ok kein Problem...viel Freude am Wasser...ich bin bis 27. im Osterurlaub...aber danach ...

16.04.14 15:47:38: Maria: Ich bin ab 28 -11.5 im Süden. ...

16.04.14 15:48:25: Joe: Dann sehen wir uns am So. 27.4. ok?

16.04.14 15:51:40: Maria: Ich behalte das mal im Auge. ...

16.04.14 15:52:24: Joe: Ist ja dann der einzig mögliche Tag...lach... Na dann erst mal schöne Ostern Dir und viel Erholung an der See.

16.04.14 16:02:08: Maria: Wünsche ich dir auch

16.04.14 16:02:57: Joe: Ja danke Dir und bis bald.

...

24.04.14 13:54:48: Joe: Wird es Sonntag klappen ?

24.04.14 14:03:35: Maria: Leider nein. ..mein Onkel ist gestorben. ..

24.04.14 14:06:03: Joe: Mein herzliches Beileid...

24.04.14 14:06:13: Maria: Danke

24.04.14 14:06:35: Joe: Fährst Du dann trotzdem fort? Sehen wir uns diese Tage noch...?

24.04.14 14:16:06: Maria: Ich schaffe das nicht. ..bin bei meiner Tante in Wittenberg

24.04.14 14:17:05: Joe: Kann ich gut verstehen. Alles Gute.

24.04.14 14:19:09: Maria: Danke   holen wir alles nach.

24.04.14 14:19:41: Joe: Ja...das machen wir...lach. Ich drück Dich.

24.04.14 14:20:33: Maria: Ich dich auch

...

28.04.14 20:41:36: Joe: Wie geht es Dir denn?

28.04.14 20:42:10: Maria: Na ja   geht so

28.04.14 20:42:44: Joe: Fährst Du denn nun in den Süden?

28.04.14 20:42:59: Maria: Ja nach Ägypten. Ich bin an11.5 wieder da

28.04.14 20:47:59: Joe: Ok...hab ich vermerkt...Dir eine gute Zeit

28.04.14 20:48:30: Maria: Dir auch

...

11.05.14 08:47:29: Joe: Dir eine gute Ankunft wieder zuhause. Sa oder So Zeit und Lust auf Kaffee?

11.05.14 16:41:33: Maria: Da ist die Beerdigung von meinem Onkel. ...

11.05.14 16:48:18: Joe: Verstehe. Am besten , Du machst einen Vorschlag... Ich hoffe doch, Du hast noch Lust auf mich und meinen Kaffee???

11.05.14 16:57:08: Maria: Ja hab ich. ...Freitag sieht gut aus

16.05.14 11:46:48: Joe: Es tut mir sehr leid Maria, ich muss für heute leider absagen. Dabei hatte ich mich schon so auf unseren Kaffeenachmittag gefreut, besonders, weil wir uns auch so lange nicht sehen konnten. Ich hoffe, Du bist nicht allzu enttäuscht. Wir holen es nächste Woche nach. Schreib mir einfach mal die Tage, wo es Dir am besten passt oder wo Du frei hast...liebe Grüße schickt Dir Joe...morgen Dir viel Kraft bei der Beerdigung. Ich drück Dich.

16.05.14 14:02:38: Maria: Ist ja schade. .....ja morgen wird noch mal schlimm. ......

...

19.05.14 09:18:24: Joe: Wie sieht es denn heute mit Kaffee aus?

19.05.14 09:21:42: Maria: Diese Woche ist ganz schlecht. ....vielleicht am Wochenende

19.05.14 09:22:23: Joe: Ja Sonntag wäre prima.

19.05.14 09:27:32: Maria: Dann trinken wir am Sonntag mal wieder Kaffee

19.05.14 09:28:18: Joe: Genau...wie in guten alten Zeiten...lach

19.05.14 09:28:33: Maria: Genau

19.05.14 09:28:59: Joe: Bis dahin...eine gute Woche Dir.

19.05.14 09:33:38: Maria: Wünsche ich dir auch

...

24.05.14 17:20:33: Maria: Mein lieber Joe. ..ich muss Dir was gestehen: Der verächtliche Ruf Deiner Nachbarn bei meinem letzten Besuch von ihrem Balkon herunter: „Jetzt hat er seinen Puff wieder geöffnet" sitzt bei mir immer noch tief. ...Ich kann damit nicht umgehen. Und würde gerne ein bisschen aussetzen.

24.05.14 17:59:51: Joe: Verstehe...finde es aber sehr schade...glaubst Du , Du kannst Dich mit diesem Hintergedanken im Kopf nicht mehr richtig entspannen ?

24.05.14 18:02:16: Joe: Ich denke ja, diese Leute sind einfach nur Spießer , die uns unser Glück und unseren Spaß am Sex nicht gönnen.

24.05.14 18:05:49: Maria: Ja ich glaube ich kann mich nicht mehr entspannen. ... Mir hat die Zeit mit dir immer gut gefallen

24.05.14 18:09:00: Joe: Ich weiß ...mir ja auch... Vielleicht finden wir ja auch eine andere Lösung... Oder wir lassen halt mal eine Zeit lang Gras drüber wachsen...

24.05.14 18:15:51: Maria: So machen wir das

24.05.14 18:17:00: Joe: Ich meine, ich könnte ja zur Abwechslung auch mal zu Dir kommen...falls Du das möchtest... Ich wünsche Dir auf jeden Fall erst mal eine angenehme und schöne Zeit.

24.05.14 18:24:49: Maria: Ich wünsche dir auch eine schöne zeit

... ...

05.06.14 10:01:05: Joe: Jetzt kommt der Sommer...genieße ihn...ich werde es auch...Liebe Grüße schickt Dir Joe

05.06.14 14:23:40: Maria: Ich danke dir   das ist lieb von dir .. ich werde den Sommer genießen. ..wir werden uns bald wieder sehen. ....hab eine schöne zeit   liebe Grüße Maria.

... ...

10.10.14 15:27:19: Joe: Dir ein schönes Wochenende...wünscht Joe

10.10.14 15:56:47: Maria: Das wünsche ich dir auch

10.10.14 16:01:08: Joe: Ich hoffe, es geht Dir gut...mir ja...bin jetzt wieder viel in Hamburg unterwegs

10.10.14 16:08:49: Maria: Mir geht es auch gut ....würde gern dein neues Buch lesen wollen. ...und hat sich schon wieder was ergeben.

10.10.14 16:23:36: Joe: Ergeben ...meinst Du Partnerschaftlich ?

10.10.14 16:24:03: Maria: Ja

10.10.14 16:25:02: Joe: Nun ...ein Kind von Traurigkeit war ich ja nie...zwinker

10.10.14 16:25:32: Marlis: Du Schlawiner

10.10.14 16:26:09: Joe: Gern würde ich Dich mal wieder treffen.

10.10.14 16:26:30: Maria: Ach so

10.10.14 16:27:11: Joe: Wenn Du magst...heißt das natürlich

10.10.14 16:27:28: Maria: Wir werden sehen

10.10.14 16:27:57: Joe: Ok...

10.10.14 16:28:15: Maria: Bis später

10.10.14 16:28:24: Joe: Bis dahin.

... ...

24.12.14 12:16:39: Maria: Ich wünsche dir besinnliche Feiertage ...

24.12.14 12:32:35: Joe: Danke Dir. Geht es Dir soweit gut?

24.12.14 12:33:43: Maria: Ja bei mir ist alles gut. ...Was machst du denn über die Feiertage. ...

24.12.14 12:37:49: Joe: Bin nachher bei meiner Mam...morgen wahrscheinlich bei meiner Schwester

24.12.14 12:38:23: Maria: Also bist nicht alleine. . .und was machst Silvester

24.12.14 12:38:59: Joe: Geh ich in das Theaterstück Casanova...lach

24.12.14 12:39:30: Maria: Das brauchst nicht. ...kannst schon

24.12.14 12:40:10: Joe: Oh ja...das wissen wir beide ja auch richtig gut

24.12.14 12:40:59: Maria: So ist es. ...

24.12.14 12:41:42: Joe: Wir sollten uns dieses gemeinsame Vergnügen ruhig mal wieder gönnen...

24.12.14 12:42:41: Maria: Im neuen Jahr wird alles anders. ..

24.12.14 12:43:21: Joe: Heißt ...es passt dann mal wieder?

24.12.14 12:43:50: Maria: Ich denke schon. ...

24.12.14 12:44:08: Joe: Oh ja...sehr gerne

24.12.14 12:44:41: Maria: Hast denn schon Ersatz gefunden.
...

24.12.14 12:45:42: Joe: Du weißt ja...ein Casanova schweigt und genießt ...zwinker

Außerdem gibt es für Dich keinen Ersatz

24.12.14 12:47:07: Maria: Das hast aber schön gesagt. ...

24.12.14 12:48:48: Joe: Du bist mir ja auch schon sehr vertraut und ans Herz gewachsen...lächel

24.12.14 12:49:54: Maria: Wir haben doch eine lange Zeit miteinander verbracht

24.12.14 12:50:17: Joe: Stimmt Kleines...Also lass es Dir bis dahin gut gehen und arbeite nicht soviel

...

...

Liebe Leserin und lieber Leser.

Im Band „Ungeschminkt" erfahren Sie alles über Karla und Joe.

Im Band „Unbefriedigt" lassen Betty und Joe tief blicken.

Doch was ist mit Nelly...mit Colette...mit Ina ???

Diese Bände werden demnächst folgen.

Und ist Joe seit April 2014 vielleicht ins Kloster gegangen oder was ist da mit ihm passiert ???

Bleiben Sie da mal einfach auch weiterhin schön gespannt und neugierig...

Ihr Ja Saf

Herstellung und Verlag:
BoD - Books on Demand, Norderstedt
ISBN 978-3-7386-5243-7